Scénario
Christophe BEC

Dessin & couleurs
Paolo MOTTURA

Carême

Tome 2 • Cauchemars

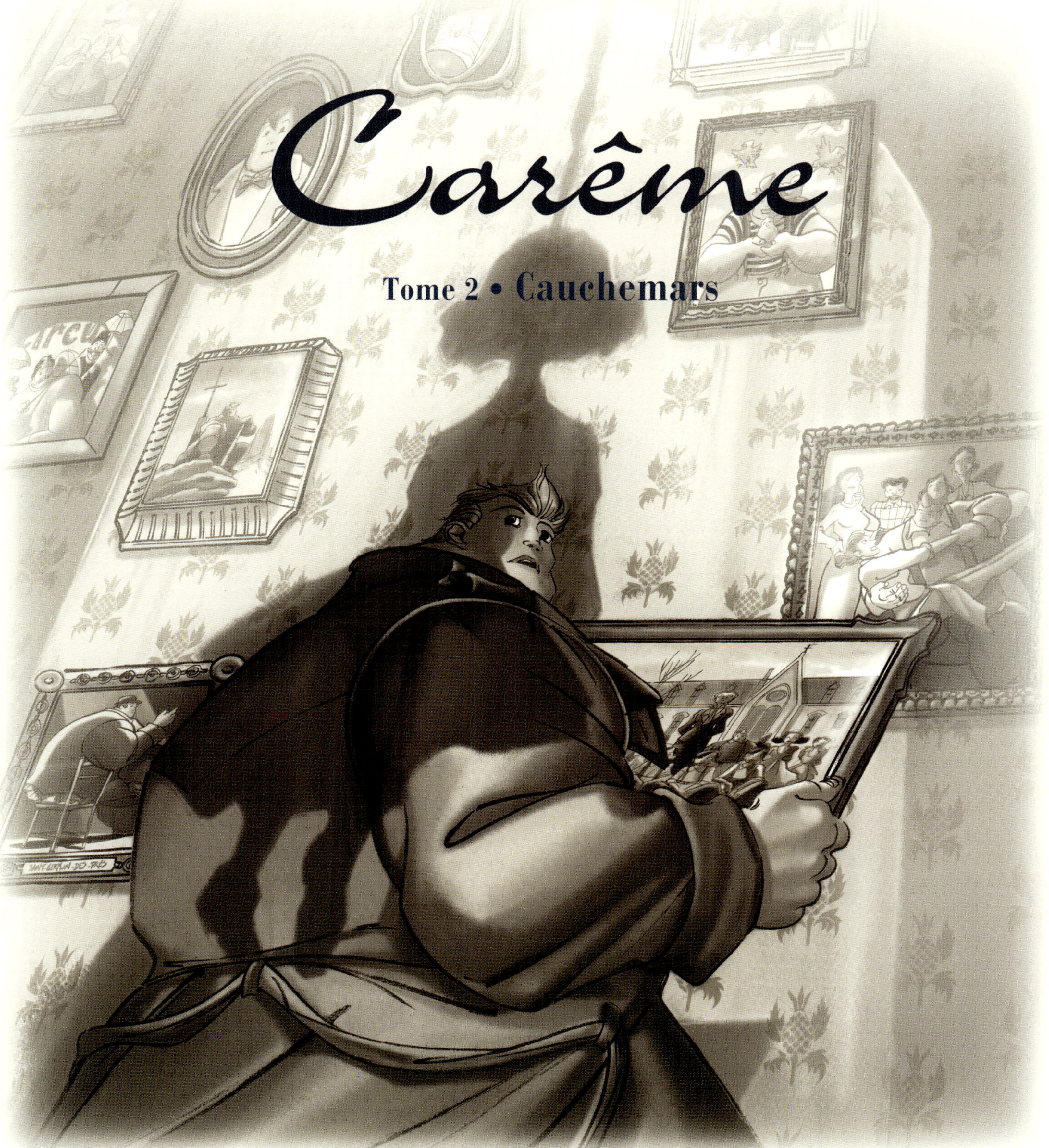

Les Humanoïdes Associés

des mêmes auteurs

CARÊME
Tome 1 - Nuit blanche
Tome 2 - Cauchemars

de Christophe Bec

CHEZ LES HUMANOÏDES ASSOCIÉS
Avec Xavier Dorison (scénario)
SANCTUAIRE
Tome 1 - USS Nebraska
Tome 2 - Le Puits des Abîmes
Tome 3 - Môth

CHEZ IMBROGLIO
Sanctuaire - Processus

CHEZ LA BOÎTE À BULLES
avec Stéphane Betbeder (scénario)
Anna

CHEZ SOLEIL
avec Richard Marazano (scénario)
ZÉRO ABSOLU
Zéro Absolu, Acte I
Zéro Absolu, Acte II
Zéro Absolu, Acte III
Zéro Absolu, Intégrale

Site internet :
www.bec-processus.com

www.humano.com

Conception Graphique : Stéphane Martinez
Lettrage : Agnès Moreau

CARÊME TOME 2
CAUCHEMARS

Première édition : 2005 - Les Humanoïdes Associés

Achevé d'imprimer en juillet 2005
sur les presses de l'imprimerie Lesaffre, à Tournai en Belgique.

Dépôt légal août 2005

ISBN : 2 7316 1660 1
43 0930 8

GROS TAS !
PATAPOUF !
SALE GROS LARD !!
PRENDS ÇA, GROS PORC !!
DONG
DONG
DONG
DONG

ALORS, MONSIEUR CARÊME, ENCORE UNE FOIS EN RETARD ! VOUS ÊTES UN GARNEMENT, VOUS SEREZ PRIVÉ DE REPAS !... ALLEZ DIRECTEMENT EN SALLE D'ÉTUDES !

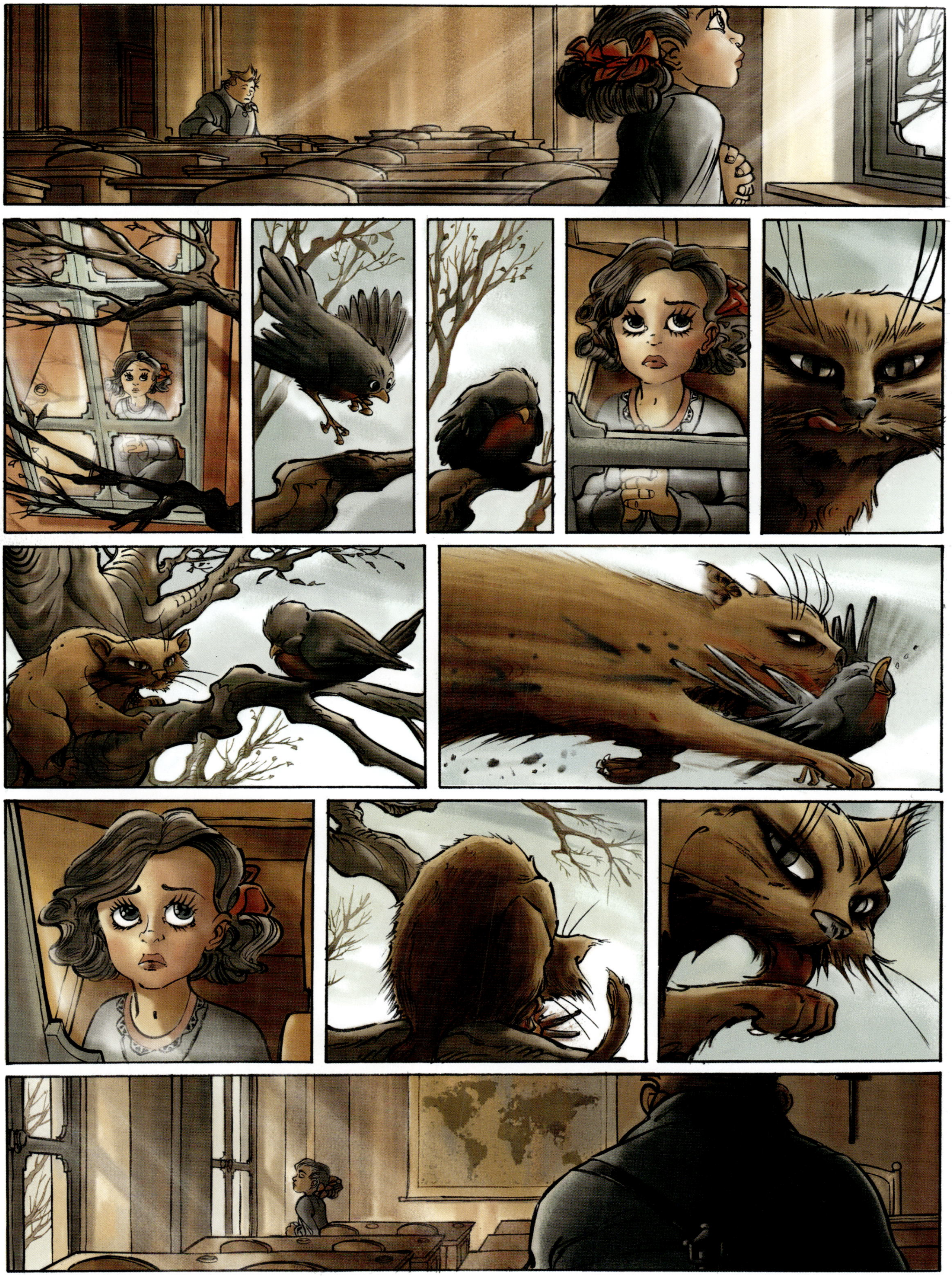

KOF ! KOF !
KOF ! KOF !
AIMÉ...
AIMÉÉÉ...
MAMAN ?...
VIENS AIMÉ, SUIS-MOI... SUIS-MOI...

SALLES D'EAU
APPROCHE, AIMÉ... APPROCHE...

AAAAAAAAHH !!...
?!!
?!
JE... HEU... EXCUSEZ-MOI... JE SUIS DÉSOLÉ.
MAIS ENFIN, C'EST INTOLÉRABLE, QUEL TOUPET, CRIER COMME CELA DANS UN COMPARTIMENT DE LA CLASSE DE LUXE, QUELLE IMPOLITESSE, C'EST HONTEUX, INADMISSIBLE... VRAIMENT, IL N'Y A PLUS DE JEUNESSE...
TOUT VA BIEN, AIMÉ ?
UN CAUCHEMAR... CE N'ÉTAIT RIEN QU'UN CAUCHEMAR.
QU'EN PENSEZ-VOUS MESSIEURS ?...
LA GAZETTE DE L
DEUX NOUVEAUX ATTENTATS À LA BOMBE
les anarchistes aux portes du palais
MOI, JE VOUS DIS QUE L'EMPIRE VA S'ÉCROULER SI PHILIPPE X CONTINUE À TOLÉRER CES ANARCHISTES ! ENFIN, CES JEUNES, QU'EST-CE QU'ILS VEULENT À LA FIN... QUE L'ON RETOURNE À LA BARBARIE ?!...
VOUS N'ÊTES PAS ANARCHISTES VOUS, AU MOINS ?
...QUAND JE VAIS RACONTER ÇA À MES AMIES DU CLUB DE VERTU, ELLES NE VONT PAS EN CROIRE LEURS OREILLES, AH ÇA NON... VRAIMENT, QUEL MANQUE D'ÉDUCATION...

CERTAINS RÊVES, UNE FOIS RÉALISÉS, PERDENT UN PEU DE LEUR SAVEUR, SANS QUE L'ON SACHE TROP POURQUOI.
PROBABLEMENT PARCE QUE COMME DANS TOUTE QUÊTE, CE N'EST PAS LE POINT D'ARRIVÉE QUI COMPTE, MAIS LE TRAJET, LE PARCOURS.
C'EST CE QUE DEVAIT RESSENTIR AIMÉ À CET INSTANT.
C'EST ICI QU'IL ME CONFIA COMBIEN IL AVAIT LONGTEMPS ESPÉRÉ CE VOYAGE À BORD DU PRESTIGIEUX EXPRESS. LE TRAIN PASSAIT TOUT PRÈS DE SON ORPHELINAT. C'ÉTAIT UN RÊVE DE GOSSE.
LES ANIMAUX ÉTAIENT INTERDITS À BORD ET L'IDÉE DU PAUVRE FERDINAND ENFERMÉ EN CAGE, DANS LA SOUTE À BAGAGES, SUFFISAIT À LUI GÂCHER SON PLAISIR.
J'AVOUE QUE MOI-MÊME, J'ÉTAIS ASSEZ PRÉOCCUPÉ PAR L'ÉTAT DE SANTÉ D'AIMÉ, SES CRISES DE DOULEURS AIGUËS SE RÉPÉTAIENT DE PLUS EN PLUS SOUVENT.
JE N'EN MONTRAIS RIEN, MAIS AU FOND DE MOI, J'EN REDOUTAIS LA GRAVITÉ.

LE WAGON-RESTAURANT, À LA DÉCORATION LUXURIANTE, ÉTAIT SPLENDIDE ET LA CARTE DES MENUS ET DES VINS N'AVAIT RIEN À LUI ENVIER.
NOUS AVIONS COMMENCÉ PAR UNE DÉLICIEUSE TERRINE DE CAGOUILLES ACCOMPAGNÉE D'UN VIN GRAND CRU DU HAUT-MARCILLAC. J'AVAIS PRIS SOIN D'ÉVITER TOUT PLAT SUSCEPTIBLE DE CONTENIR DES ENDIVES.
Menu
J'ÉCHAPPAIS ENFIN À LA TERRIBLE "MALÉDICTION DES ENDIVES" !
?!!
SIGNAL D'ALARME

WUWUWUWUWUWU
MA TERRINE DE CAGOUILLES !!...
C'EST LE RETOUR DE LA "MALÉDICTION DES ENDIVES" !
QU'EST CE QUI SE PASSE ?!
ON A TIRÉ LA SONNETTE D'ALARME !
UN ATTENTAT ?!!
ALLONS VOIR !

EXCUSEZ-NOUS... PEUT-ON SAVOIR CE QU'IL SE PASSE ?
C'EST UNE JEUNE FEMME ENCEINTE QUI S'EST JETÉE SOUS LE TRAIN. SON CORPS EST COUPÉ EN DEUX ET UNE PARTIE EST RESTÉE COINCÉE SOUS LES ROUES. ON ESSAIE DE LA DÉGAGER... IL N'Y A PLUS RIEN À FAIRE POUR ELLE ET LE BÉBÉ. IL FAUT ÊTRE SACRÉMENT DÉSESPÉRÉ POUR FAIRE UNE CHOSE PAREILLE...
BON SANG, COUPÉE EN DEUX... IL FAUT ÊTRE SACRÉMENT DÉSESPÉRÉ... AH ÇA OUI, SACRÉMENT...

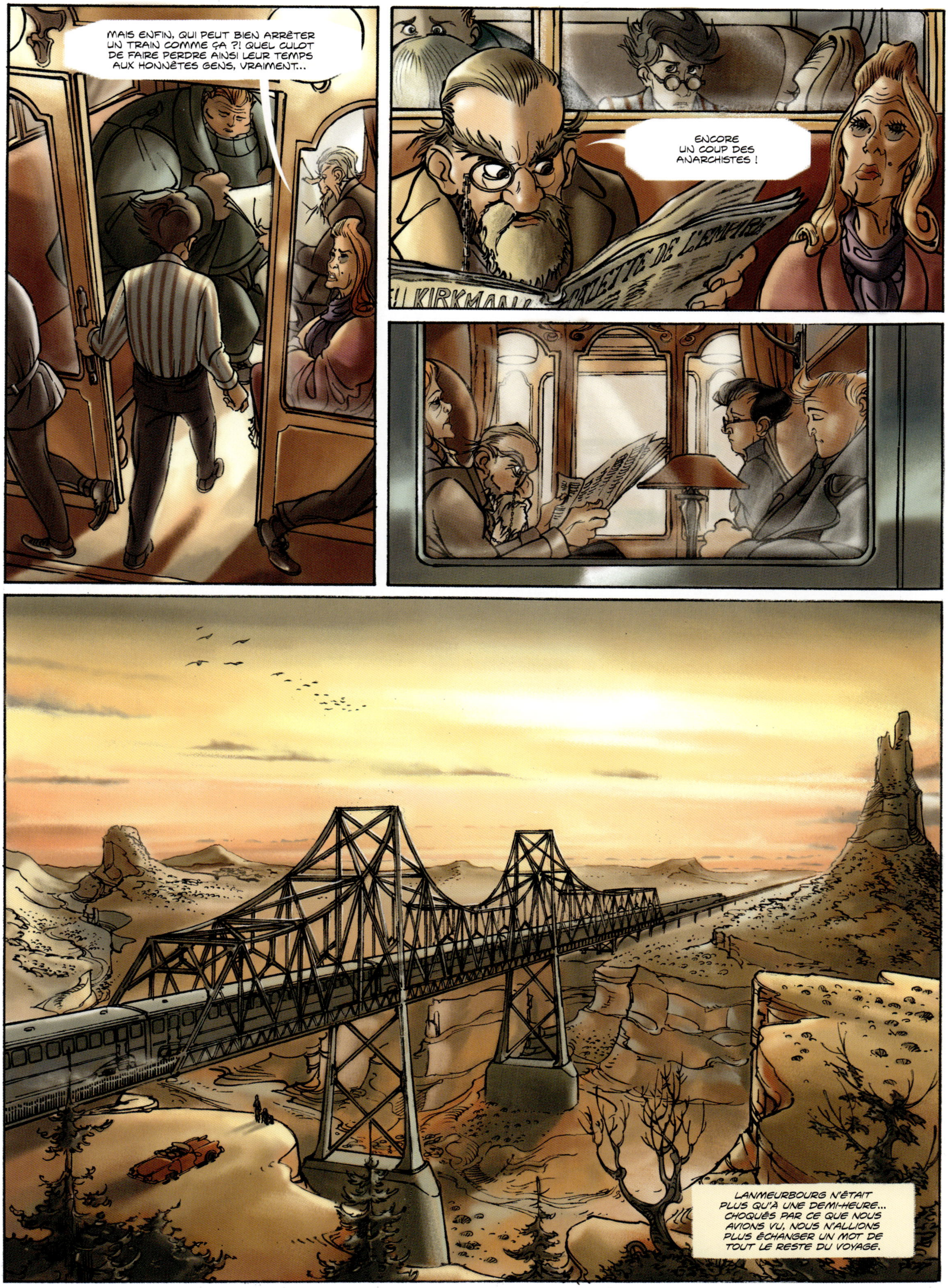
MAIS ENFIN, QUI PEUT BIEN ARRÊTER UN TRAIN COMME ÇA ?! QUEL CULOT DE FAIRE PERDRE AINSI LEUR TEMPS AUX HONNÊTES GENS, VRAIMENT...
ENCORE UN COUP DES ANARCHISTES !
LANMEURBOURG N'ÉTAIT PLUS QU'À UNE DEMI-HEURE... CHOQUÉS PAR CE QUE NOUS AVIONS VU, NOUS N'ALLIONS PLUS ÉCHANGER UN MOT DE TOUT LE RESTE DU VOYAGE.

LANMEURBOURG. TERMINUS ! TOUT LE MONDE DESCEND !
CORRESPONDANCES POUR LES GRANDES CAPITALES DES CINQ CONTINENTS PAR LES ESCALATORS QUI MÈNENT À L'AÉROGARE AU SOMMET DE LA TOUR !
LES DIRIGEABLES RELIENT LIBRE-VILLE, NOUVELLE-YORK, AMAZONIA, LENINBOURG ET NIANQINGTANGGULASHAN. DÉPARTS IMMINENTS !

POUR RÉCUPÉRER VOS BAGAGES, VEUILLEZ VOUS DIRIGER VERS LES TAPIS ROULANTS.

NOUS VOUS RAPPELONS QUE TOUT BAGAGE SUSPECT SERA IMMÉDIATEMENT DÉTRUIT. NE LAISSEZ TRAÎNER AUCUN BAGAGE. SIGNALEZ À LA DIRECTION TOUT BAGAGE ABANDONNÉ OU SUSPECT.
ÇA, C'EST ENCORE UN COUP DES ANARCHISTES !
NOUS NOUS DIRIGIONS VERS LES TAPIS ROULANTS, NON PAS POUR PRENDRE NOS BAGAGES, TOUT AVAIT BRÛLÉ DANS L'INCENDIE DE LA CAMIONNETTE, MAIS POUR RÉCUPÉRER CE BRAVE FERDINAND.

WAAF !
FERDINAND !!...

LA GARE DE LANMEURBOURG, AUX PROPORTIONS GIGANTESQUES, SE TROUVAIT À MI-HAUTEUR D'UNE IMMENSE TOUR TRAVERSÉE PAR UN HAUT VIADUC QUI SURPLOMBAIT TOUTE LA VILLE.
À SON SOMMET, SE TROUVAIT L'AÉROGARE, D'OÙ DÉCOLLAIENT LES GRANDS DIRIGEABLES TRANSOCÉANIQUES QUI JOIGNAIENT LES CAPITALES DES CINQ CONTINENTS.
LA VUE ÉTAIT IMPRENABLE.

DEVANT NOUS S'ÉTENDAIT TOUTE LA CITÉ IMPÉRIALE : LES CATHÉDRALES, LES GRANDS PARCS ARBORÉS, LES STATIONS THERMALES, LES GRANDS BOULEVARDS, LE PALAIS IMPÉRIAL, LE GRAND FLEUVE ET SES MULTIPLES PONTS, LES BAS-QUARTIERS AUX RUELLES ÉTROITES...
DARKO HOTEL

POOT POOT
TUUUUUUTT !!!

NOUS AVIONS DÉCIDÉ QUE LA PREMIÈRE CHOSE À FAIRE EN ARRIVANT À LANMEURBOURG SERAIT DE NOUS RENDRE AU SIÈGE SOCIAL DE L'ASSURANCE DE LA CAMIONNETTE, AFIN DE FAIRE REMBOURSER LES DÉGÂTS MATÉRIELS OCCASIONNÉS PAR L'ACCIDENT DU GRAND TUNNEL.
ASSURANCES
LE BÂTIMENT N'ÉTAIT PAS DES PLUS ACCUEILLANT...
BONJOUR MADEMOISELLE, MON VÉHICULE A ÉTÉ DÉTRUIT AINSI QUE TOUTE SA CARGAISON DANS UN INCENDIE, À QUI DOIS-JE M'ADRESSER ?
BUREAU DES ACCIDENTS ET DÉDOMMAGEMENTS, 10E ÉTAGE.
MESSIEURS !!
LES CHIENS SONT INTERDITS DANS LES ÉTAGES !

3
5

des Accidents
Dédommagements
ACCUEIL
du Bureau des Accidents

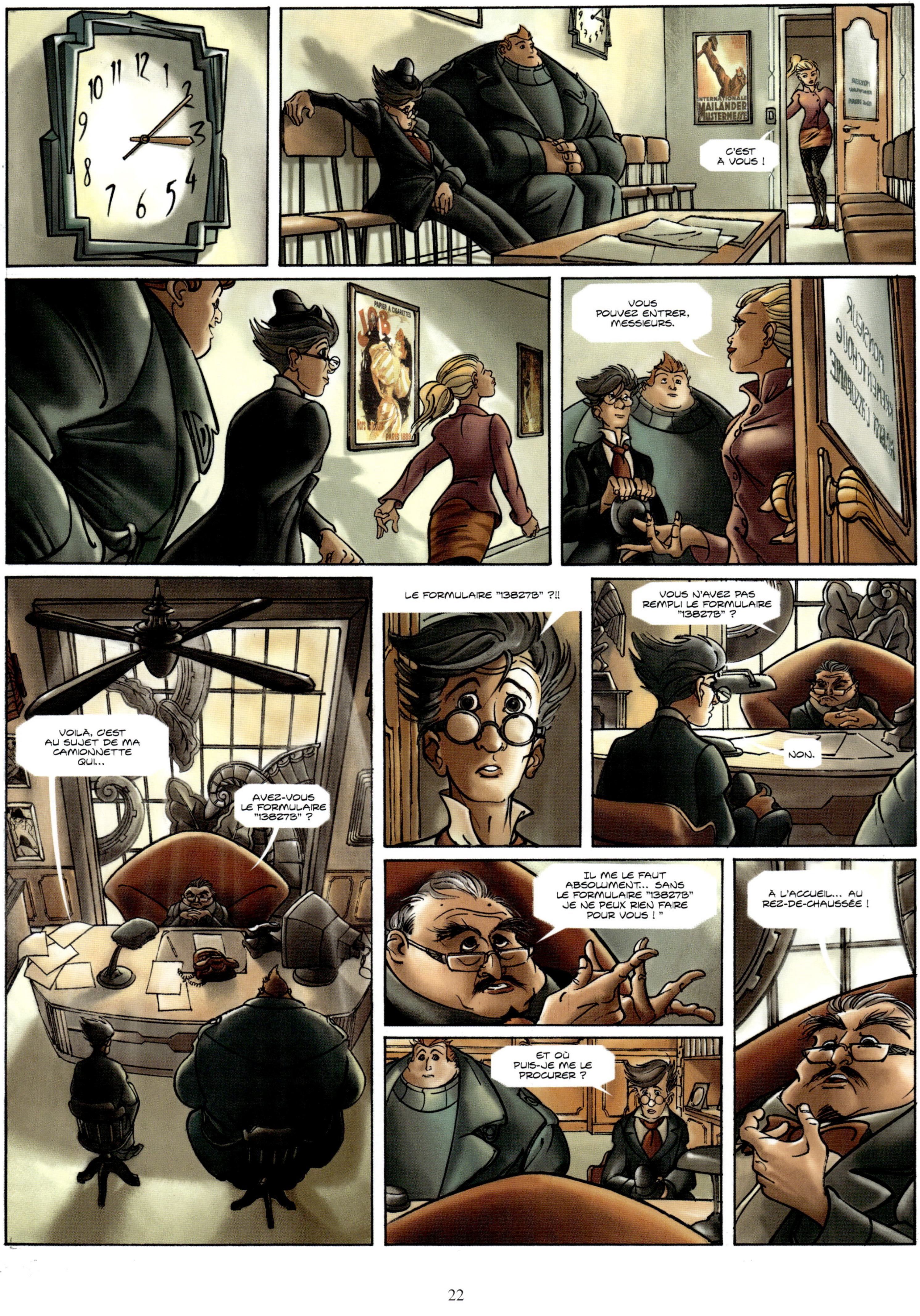
C'EST À VOUS !
VOUS POUVEZ ENTRER, MESSIEURS.
VOILÀ, C'EST AU SUJET DE MA CAMIONNETTE QUI...
AVEZ-VOUS LE FORMULAIRE "13827B" ?
LE FORMULAIRE "13827B" ?!!
VOUS N'AVEZ PAS REMPLI LE FORMULAIRE "13827B" ?
NON.
IL ME LE FAUT ABSOLUMENT... SANS LE FORMULAIRE "13827B" JE NE PEUX RIEN FAIRE POUR VOUS ! "
À L'ACCUEIL... AU REZ-DE-CHAUSSÉE !
ET OÙ PUIS-JE ME LE PROCURER ?

ALLEZ-Y, MESDAMES !

BON... VOTRE FORMULAIRE "13827B" EST REMPLI EN BONNE ET DUE FORME, MAIS J'AI UNE MAUVAISE NOUVELLE POUR VOUS...
C'EST À LA COMPAGNIE DU GRAND TUNNEL DE PRENDRE EN CHARGE ET DE COUVRIR TOUS LES DÉDOMMAGEMENTS CAUSÉS PAR L'ACCIDENT. TOUT CE QUE JE PEUX FAIRE POUR VOUS, C'EST VOUS SIGNER UNE ATTESTATION DE LA VALEUR DU VÉHICULE ET DE LA MARCHANDISE.
SCRITCH
SCRATCH
VOUS DEVREZ VOUS CONTENTER DE CELA !
COMPAGNIE GRAND TUNNEL
IL S'AGISSAIT DE CE GENRE D'ADMINISTRATION OÙ CE SONT LES PLUS INCOMPÉTENTS QUI ONT LES POSTES LES PLUS ÉLEVÉS.
C'EST PARFAITEMENT LOGIQUE, UNE FOIS EN PLACE, ILS PASSENT TOUT LEUR TEMPS À MANOEUVRER POUR ESSAYER DE LA CONSERVER, ALORS FORCÉMENT, ILS N'ONT PLUS LE TEMPS POUR FAIRE DU BON TRAVAIL.

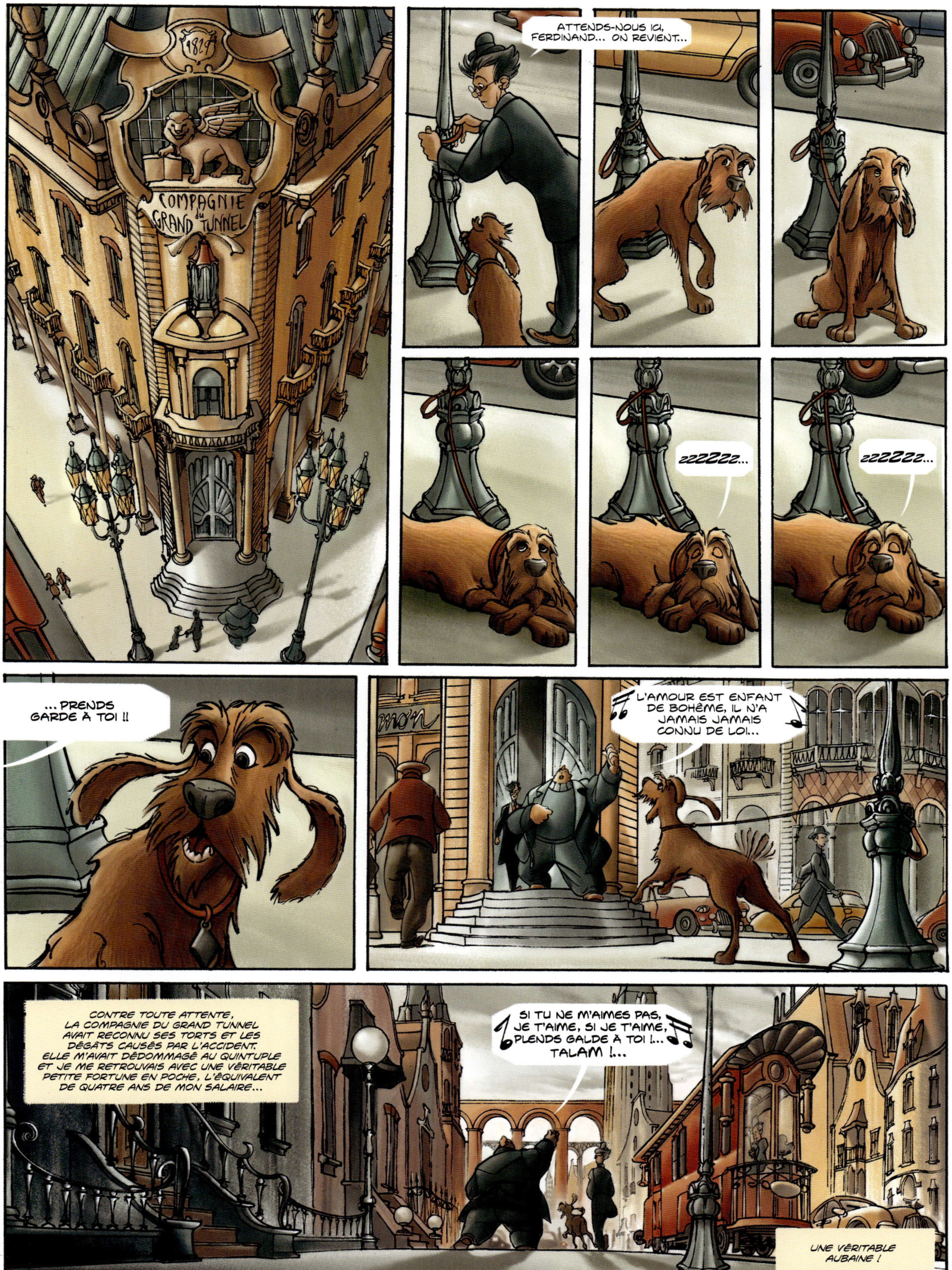
1829
COMPAGNIE du GRAND TUNNEL
ATTENDS-NOUS ICI, FERDINAND... ON REVIENT...
zzzzzz...
zzzzzz...
... PRENDS GARDE À TOI !!
L'AMOUR EST ENFANT DE BOHÊME, IL N'A JAMAIS JAMAIS CONNU DE LOI...
CONTRE TOUTE ATTENTE, LA COMPAGNIE DU GRAND TUNNEL AVAIT RECONNU SES TORTS ET LES DÉGÂTS CAUSÉS PAR L'ACCIDENT. ELLE M'AVAIT DÉDOMMAGÉ AU QUINTUPLE ET JE ME RETROUVAIS AVEC UNE VÉRITABLE PETITE FORTUNE EN POCHE, L'ÉQUIVALENT DE QUATRE ANS DE MON SALAIRE...
SI TU NE M'AIMES PAS, JE T'AIME, SI JE T'AIME, PLENDS GALDE À TOI !... TALAM !...
UNE VÉRITABLE AUBAINE !

OLOCH
VILLAGE

HAUTE COUTURE
VÊTEMENTS TOUTES TAILLES - DU SUR MESURE
PLUTÔT "PANIER PERCÉ" ET DE NATURE GÉNÉREUSE, J'AVAIS TENU À CE QU'AIMÉ BÉNÉFICIE ÉGALEMENT DE CETTE MANNE INATTENDUE. NOS VÊTEMENTS ÉTAIENT SALES ET DÉFRAÎCHIS, IL ÉTAIT GRANDEMENT TEMPS D'EN CHANGER.
IL N'Y AVAIT PAS DE RAISON, IL AVAIT ÉTÉ LUI AUSSI VICTIME DE L'ACCIDENT.
BONJOUR, MESSIEURS !
PEU APRÈS, NOUS RESSORTIONS HABILLÉS COMME DES PRINCES, DE VRAIS GENTLEMEN DE LA HAUTE SOCIÉTÉ.
NOUS BOMBIONS LE TORSE... IL FAUT DIRE QUE NOUS AVIONS FIÈRE ALLURE.
AU TOUTOU NET
UNE DEMI-HEURE PLUS TARD.

AFIN DE FÊTER NOTRE ARRIVÉE À LA CAPITALE, J'AVAIS INVITÉ AIMÉ DANS L'UN DES RESTAURANTS LES PLUS HUPPÉS DE LA CITÉ IMPÉRIALE. LE DÉCOR ÉTAIT GRANDIOSE, D'UNE GRANDE BEAUTÉ BAROQUE, AVEC SES MARBRES ET SES DORURES...
MESSIEURS, AVEZ-VOUS FAIT VOTRE CHOIX ?
LES MENUS ÉTAIENT FABULEUX, OÙ LES METS LES PLUS SAVOUREUX SUCCÉDAIENT AUX VINS LES PLUS EXQUIS.
DITES-MOI, LES POMMES SAUTÉES QUI ACCOMPAGNENT LA CÔTE D'AGNEAU BRAISÉE AUX PLEUROTES NE VONT PAS ÊTRE REMPLACÉES PAR DES ENDIVES ?...
MONSIEUR, NOUS METTONS UN POINT D'HONNEUR DANS NOTRE RESTAURANT À CE QUE CHAQUE TABLE SOIT IRRÉPROCHABLE... POINT D'ENDIVES LÀ OÙ IL DOIT Y AVOIR DES POMMES SAUTÉES !
BON... JE... BIEN... PARFAIT ALORS !...

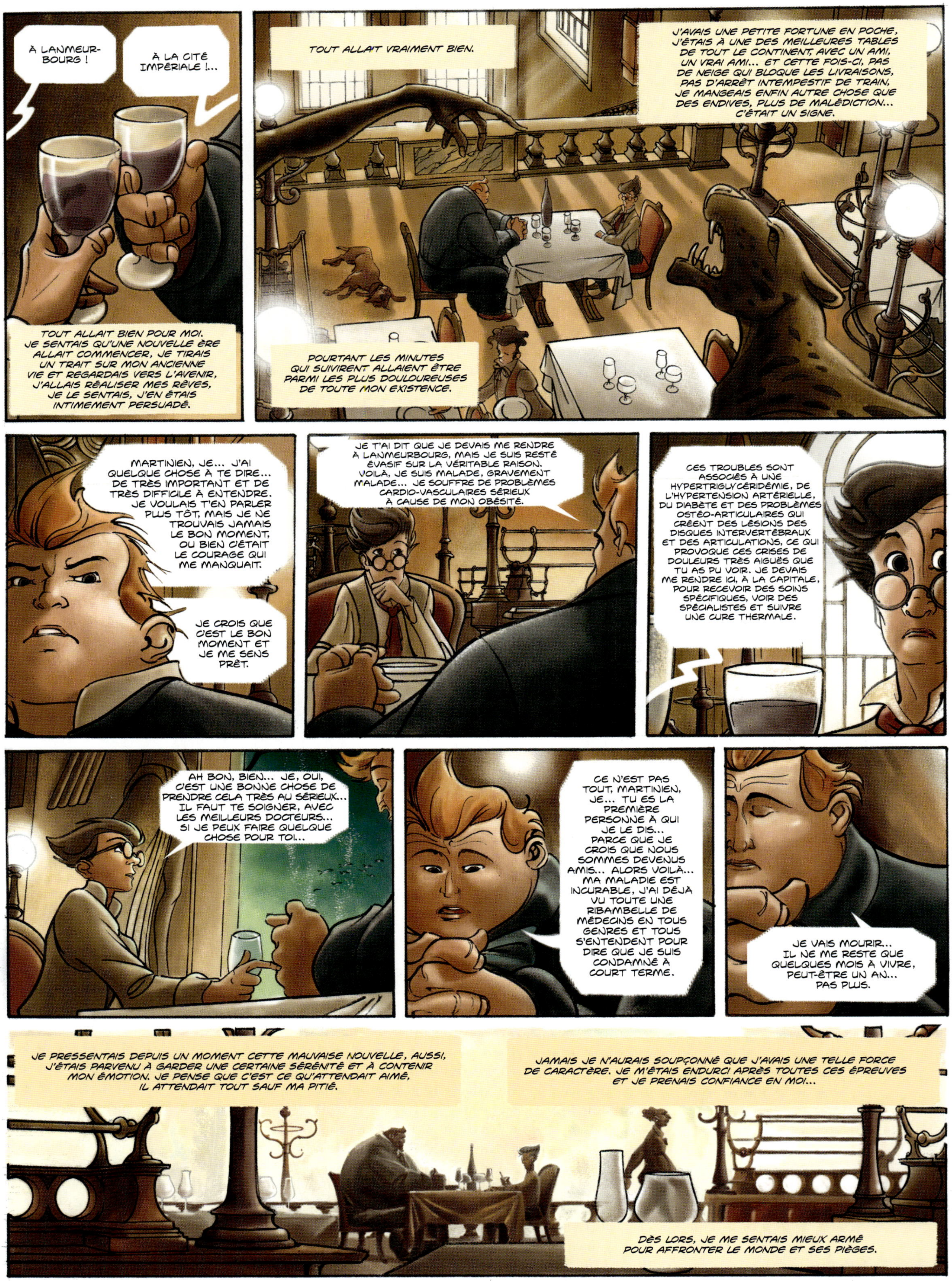

À LANMEURBOURG !
À LA CITÉ IMPÉRIALE !...
TOUT ALLAIT BIEN POUR MOI. JE SENTAIS QU'UNE NOUVELLE ÈRE ALLAIT COMMENCER, JE TIRAIS UN TRAIT SUR MON ANCIENNE VIE ET REGARDAIS VERS L'AVENIR, J'ALLAIS RÉALISER MES RÊVES, JE LE SENTAIS, J'EN ÉTAIS INTIMEMENT PERSUADÉ.
TOUT ALLAIT VRAIMENT BIEN.
J'AVAIS UNE PETITE FORTUNE EN POCHE, J'ÉTAIS À UNE DES MEILLEURES TABLES DE TOUT LE CONTINENT, AVEC UN AMI, UN VRAI AMI... ET CETTE FOIS-CI, PAS DE NEIGE QUI BLOQUE LES LIVRAISONS, PAS D'ARRÊT INTEMPESTIF DE TRAIN, JE MANGEAIS ENFIN AUTRE CHOSE QUE DES ENDIVES, PLUS DE MALÉDICTION... C'ÉTAIT UN SIGNE.
POURTANT LES MINUTES QUI SUIVRENT ALLAIENT ÊTRE PARMI LES PLUS DOULOUREUSES DE TOUTE MON EXISTENCE.
MARTINIEN, JE... J'AI QUELQUE CHOSE À TE DIRE... DE TRÈS IMPORTANT ET DE TRÈS DIFFICILE À ENTENDRE. JE VOULAIS T'EN PARLER PLUS TÔT, MAIS JE NE TROUVAIS JAMAIS LE BON MOMENT, OU BIEN C'ÉTAIT LE COURAGE QUI ME MANQUAIT.
JE CROIS QUE C'EST LE BON MOMENT ET JE ME SENS PRÊT.
JE T'AI DIT QUE JE DEVAIS ME RENDRE À LANMEURBOURG, MAIS JE SUIS RESTÉ ÉVASIF SUR LA VÉRITABLE RAISON. VOILÀ, JE SUIS MALADE, GRAVEMENT MALADE... JE SOUFFRE DE PROBLÈMES CARDIO-VASCULAIRES SÉRIEUX À CAUSE DE MON OBÉSITÉ.
CES TROUBLES SONT ASSOCIÉS À UNE HYPERTRIGLYCÉRIDÉMIE, DE L'HYPERTENSION ARTÉRIELLE, DU DIABÈTE ET DES PROBLÈMES OSTÉO-ARTICULAIRES QUI CRÉENT DES LÉSIONS DES DISQUES INTERVERTÉBRAUX ET DES ARTICULATIONS, CE QUI PROVOQUE CES CRISES DE DOULEURS TRÈS AIGUËS QUE TU AS PU VOIR. JE DEVAIS ME RENDRE ICI, À LA CAPITALE, POUR RECEVOIR DES SOINS SPÉCIFIQUES, VOIR DES SPÉCIALISTES ET SUIVRE UNE CURE THERMALE.
AH BON, BIEN... JE, OUI, C'EST UNE BONNE CHOSE DE PRENDRE CELA TRÈS AU SÉRIEUX... IL FAUT TE SOIGNER, AVEC LES MEILLEURS DOCTEURS... SI JE PEUX FAIRE QUELQUE CHOSE POUR TOI...
CE N'EST PAS TOUT, MARTINIEN, JE... TU ES LA PREMIÈRE PERSONNE À QUI JE LE DIS... PARCE QUE JE CROIS QUE NOUS SOMMES DEVENUS AMIS... ALORS VOILÀ... MA MALADIE EST INCURABLE, J'AI DÉJÀ VU TOUTE UNE RIBAMBELLE DE MÉDECINS EN TOUS GENRES ET TOUS S'ENTENDENT POUR DIRE QUE JE SUIS CONDAMNÉ À COURT TERME.
JE VAIS MOURIR... IL NE ME RESTE QUE QUELQUES MOIS À VIVRE, PEUT-ÊTRE UN AN... PAS PLUS.
JE PRESSENTAIS DEPUIS UN MOMENT CETTE MAUVAISE NOUVELLE, AUSSI, J'ÉTAIS PARVENU À GARDER UNE CERTAINE SÉRÉNITÉ ET À CONTENIR MON ÉMOTION. JE PENSE QUE C'EST CE QU'ATTENDAIT AIMÉ, IL ATTENDAIT TOUT SAUF MA PITIÉ.
JAMAIS JE N'AURAIS SOUPÇONNÉ QUE J'AVAIS UNE TELLE FORCE DE CARACTÈRE. JE M'ÉTAIS ENDURCI APRÈS TOUTES CES ÉPREUVES ET JE PRENAIS CONFIANCE EN MOI...
DÈS LORS, JE ME SENTAIS MIEUX ARMÉ POUR AFFRONTER LE MONDE ET SES PIÈGES.

TAXI
VOILÀ, C'EST ICI... ÇA VOUS FAIT 27 ÉCUS.
TENEZ ! GARDEZ LA MONNAIE...

OUI, ÇA N'EST PAS LE PLUS BEAU CENTRE THERMAL DE LA VILLE, J'AI FAIT EN FONCTION DE MES MOYENS... MAIS LES MÉDECINS Y SONT TRÈS COMPÉTENTS PARAÎT-IL...
OUI, SANS DOUTE, SI ON LE DIT...
BON ALORS, C'EST PROMIS, JE M'OCCUPE DE FERDINAND ET ON VIENDRA TE RENDRE VISITE TOUTES LES SEMAINES. MOI, JE VAIS LOUER UNE CHAMBRE EN VILLE...
AU REVOIR FERDINAND, SOIS GENTIL AVEC MARTINIEN... ALLEZ, JE T'ENLÈVE CE NOEUD RIDICULE... BRAVE FERDINAND, TU VAS ME MANQUER.
WOOF...
COURAGE, AIMÉ.
TOUT VA BIEN SE PASSER...
CIVITATIS AQUAE
NON ! JE NE POUVAIS DÉCEMMENT PAS LAISSER AIMÉ ENTRER DANS CET ÉTABLISSEMENT SORDIDE. JE N'EN AVAIS PAS LE DROIT. ET PUIS APRÈS TOUT, UNE PETITE CURE NE ME FERAIT PAS DE MAL MOI NON PLUS, JE SOUFFRAIS DE L'ESTOMAC DEPUIS QUELQUE TEMPS...
ET POUR LA SECONDE FOIS, JE RETOURNAI SUR MES PAS...
AIMÉÉÉÉ !!...

JE N'AVAIS PAS FAIT LES CHOSES À MOITIÉ, J'AVAIS DÉCIDÉ QUE NOUS IRIONS DANS LE PLUS RÉPUTÉ DE TOUS LES CENTRES THERMAUX DE LA VILLE : L'IMPERIUM.
J'AVAIS PRIS DEUX CHAMBRES COMMUNICANTES, LES ANIMAUX ÉTAIENT ACCEPTÉS À LA CONDITION QU'ILS SOIENT PROPRES, C'ÉTAIT UNE CHANCE QUE FERDINAND SOIT PASSÉ AU TOILETTAGE PEU DE TEMPS AVANT.
JE SAVAIS QUE NOUS SERIONS BIEN ICI ET J'ÉTAIS EN PAIX AVEC MA CONSCIENCE.
MERCI MARTINIEN... DU FOND DU COEUR, MERCI.

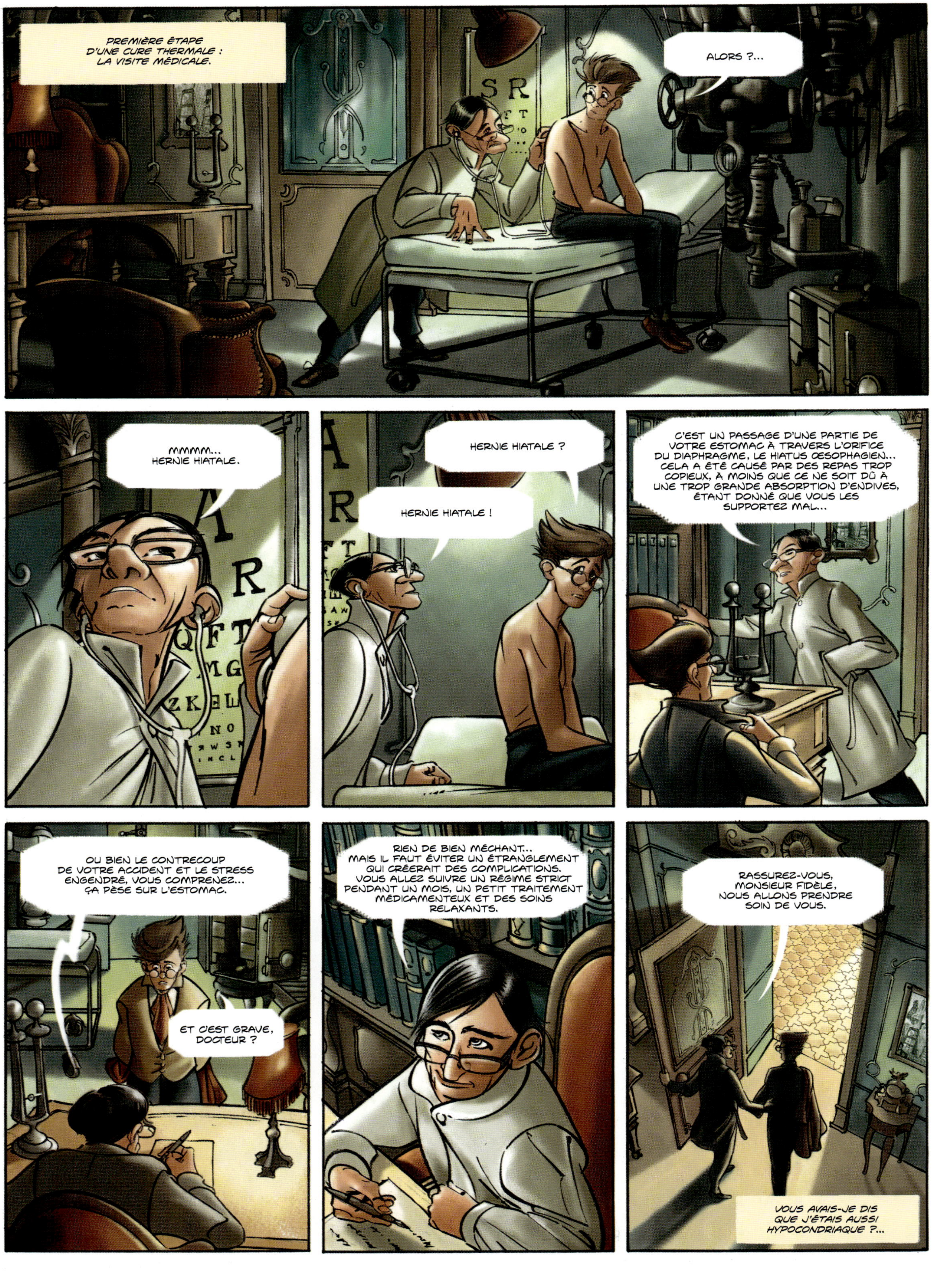
PREMIÈRE ÉTAPE D'UNE CURE THERMALE : LA VISITE MÉDICALE.
ALORS ?...
MMMM... HERNIE HIATALE.
HERNIE HIATALE ?
HERNIE HIATALE !
C'EST UN PASSAGE D'UNE PARTIE DE VOTRE ESTOMAC À TRAVERS L'ORIFICE DU DIAPHRAGME, LE HIATUS ŒSOPHAGIEN... CELA A ÉTÉ CAUSÉ PAR DES REPAS TROP COPIEUX, À MOINS QUE CE NE SOIT DÛ À UNE TROP GRANDE ABSORPTION D'ENDIVES, ÉTANT DONNÉ QUE VOUS LES SUPPORTEZ MAL...
OU BIEN LE CONTRECOUP DE VOTRE ACCIDENT ET LE STRESS ENGENDRÉ, VOUS COMPRENEZ... ÇA PÈSE SUR L'ESTOMAC.
ET C'EST GRAVE, DOCTEUR ?
RIEN DE BIEN MÉCHANT... MAIS IL FAUT ÉVITER UN ÉTRANGLEMENT QUI CRÉERAIT DES COMPLICATIONS. VOUS ALLEZ SUIVRE UN RÉGIME STRICT PENDANT UN MOIS, UN PETIT TRAITEMENT MÉDICAMENTEUX ET DES SOINS RELAXANTS.
RASSUREZ-VOUS, MONSIEUR FIDÈLE, NOUS ALLONS PRENDRE SOIN DE VOUS.
VOUS AVAIS-JE DIS QUE J'ÉTAIS AUSSI HYPOCONDRIAQUE ?...

LES PREMIERS JOURS S'ÉCOULÈRENT AU RYTHME DES MASSAGES, DOUCHES, JETS D'EAU, BAINS CHAUDS, BAINS FROIDS, PRISES DE MÉDICAMENTS, SIESTES ET PROMENADES...
RôôôôôÔ... PFFFFF...

EN FINS GASTRONOMES, LE PIRE ÉTAIT SANS DOUTE LE RÉGIME QUI NOUS ÉTAIT IMPOSÉ ; SEUL FERDINAND, INSOUCIANT, Y ÉCHAPPAIT.
DEPUIS QUELQUE TEMPS, J'AVAIS REMARQUÉ UNE JEUNE FILLE BLONDE AU TEINT PÂLE, DONT LE CHARME DISCRET NE ME LAISSAIT PAS INDIFFÉRENT. ELLE ÉTAIT EN PERMANENCE ACCOMPAGNÉE D'UN VIEILLE BARONNE AUX TENUES EXCENTRIQUES.
PARFOIS, JE LA CROISAIS LORS DE PROMENADES DANS LE PARC...
J'AVAIS L'IMPRESSION QUE JE NE LUI ÉTAIS PAS INDIFFÉRENT NON PLUS, MAIS JE N'EN AVAIS PAS LA CERTITUDE.

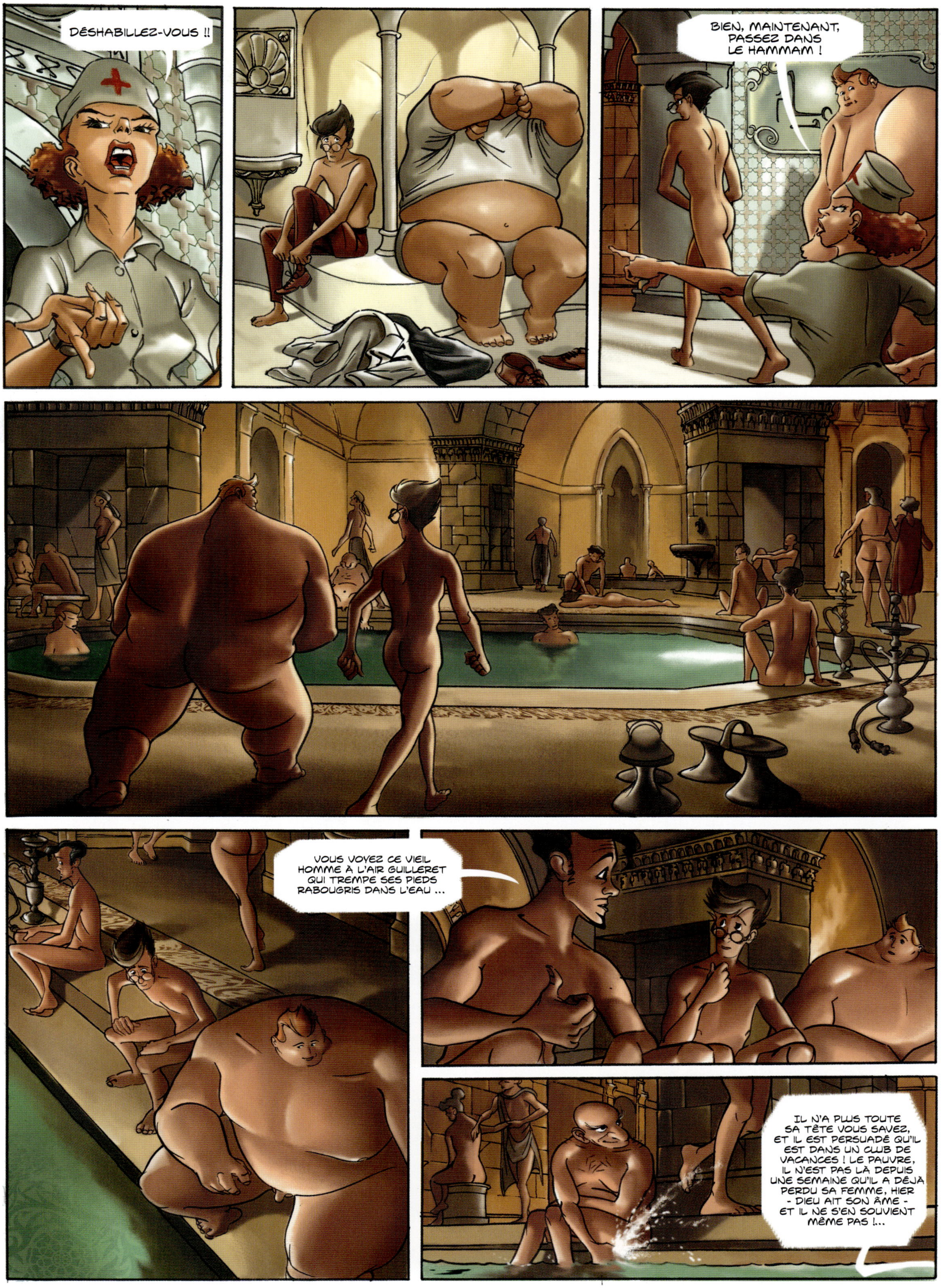
DÉSHABILLEZ-VOUS !!
BIEN, MAINTENANT, PASSEZ DANS LE HAMMAM !
VOUS VOYEZ CE VIEIL HOMME À L'AIR GUILLERET QUI TREMPE SES PIEDS RABOUGRIS DANS L'EAU ...
IL N'A PLUS TOUTE SA TÊTE VOUS SAVEZ, ET IL EST PERSUADÉ QU'IL EST DANS UN CLUB DE VACANCES ! LE PAUVRE, IL N'EST PAS LÀ DEPUIS UNE SEMAINE QU'IL A DÉJÀ PERDU SA FEMME, HIER - DIEU AIT SON ÂME - ET IL NE S'EN SOUVIENT MÊME PAS !...

LA VIEILLESSE EST UN LONG NAUFRAGE, NE TROUVEZ-VOUS PAS ?
AUTREFOIS, C'ÉTAIT UN RICHE INDUSTRIEL QUI AVAIT FAIT FORTUNE DANS L'ACIER. SA FILLE A HÉRITÉ... HEUREUSE FEMME, UN BON PARTI EN RÉALITÉ.
MAIS JE SUIS UN IMPOLI, J'AI OUBLIÉ DE ME PRÉSENTER... ARISTIDE BOULON, ILLUSTRATEUR.
ARISTIDE BOULON ?!... LE ARISTIDE BOULON ??
LUI-MÊME... ENCHANTÉ !
ENCHANTÉ ÉGALEMENT... AIMÉ CARÊME, RESTAURATEUR DE TABLEAUX.
MARTINIEN FIDÈLE, REPRÉ... HEU... FUTUR ÉDITEUR.
??
ALORS VOUS ÊTES BIEN LE CÉLÈBRE DESSINATEUR D'ILLUSTRÉS, L'AUTEUR DU FAMEUX "POUPÉES DE SANG" !
AH ! VOUS L'AVEZ LU ?
UN VÉRITABLE CHEF-D'OEUVRE, MALHEUREUSEMENT PAS ENCORE ASSEZ CONNU DU GRAND PUBLIC. NOUS SOMMES, AIMÉ ET MOI, PASSIONNÉS D'HISTOIRES FANTASTIQUES ET VOUS ÊTES UN MAÎTRE DU GENRE, SINON LE MAÎTRE DU GENRE.
MESSIEURS, VOUS ME VOYEZ ROUGIR.

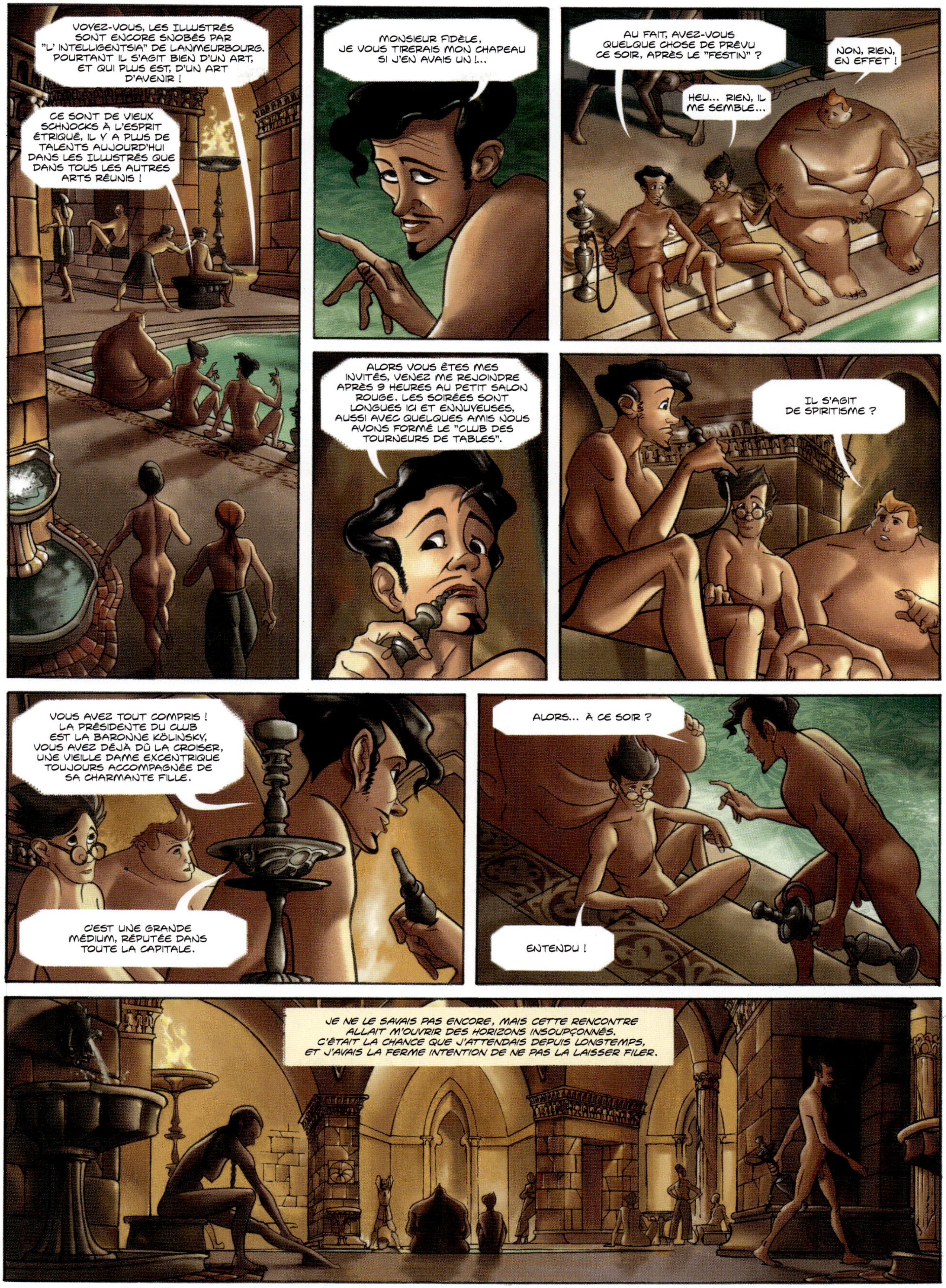
VOYEZ-VOUS, LES ILLUSTRÉS SONT ENCORE SNOBÉS PAR "L' INTELLIGENTSIA" DE LANMEURBOURG. POURTANT IL S'AGIT BIEN D'UN ART, ET QUI PLUS EST, D'UN ART D'AVENIR !
CE SONT DE VIEUX SCHNOCKS À L'ESPRIT ÉTRIQUÉ, IL Y A PLUS DE TALENTS AUJOURD'HUI DANS LES ILLUSTRÉS QUE DANS TOUS LES AUTRES ARTS RÉUNIS !
MONSIEUR FIDÈLE, JE VOUS TIRERAIS MON CHAPEAU SI J'EN AVAIS UN !...
AU FAIT, AVEZ-VOUS QUELQUE CHOSE DE PRÉVU CE SOIR, APRÈS LE "FESTIN" ?
HEU... RIEN, IL ME SEMBLE...
NON, RIEN, EN EFFET !
ALORS VOUS ÊTES MES INVITÉS, VENEZ ME REJOINDRE APRÈS 9 HEURES AU PETIT SALON ROUGE. LES SOIRÉES SONT LONGUES ICI ET ENNUYEUSES, AUSSI AVEC QUELQUES AMIS NOUS AVONS FORMÉ LE "CLUB DES TOURNEURS DE TABLES".
IL S'AGIT DE SPIRITISME ?
VOUS AVEZ TOUT COMPRIS ! LA PRÉSIDENTE DU CLUB EST LA BARONNE KÖLINSKY, VOUS AVEZ DÉJÀ DÛ LA CROISER, UNE VIEILLE DAME EXCENTRIQUE TOUJOURS ACCOMPAGNÉE DE SA CHARMANTE FILLE.
C'EST UNE GRANDE MÉDIUM, RÉPUTÉE DANS TOUTE LA CAPITALE.
ALORS... À CE SOIR ?
ENTENDU !
JE NE LE SAVAIS PAS ENCORE, MAIS CETTE RENCONTRE ALLAIT M'OUVRIR DES HORIZONS INSOUPÇONNÉS. C'ÉTAIT LA CHANCE QUE J'ATTENDAIS DEPUIS LONGTEMPS, ET J'AVAIS LA FERME INTENTION DE NE PAS LA LAISSER FILER.

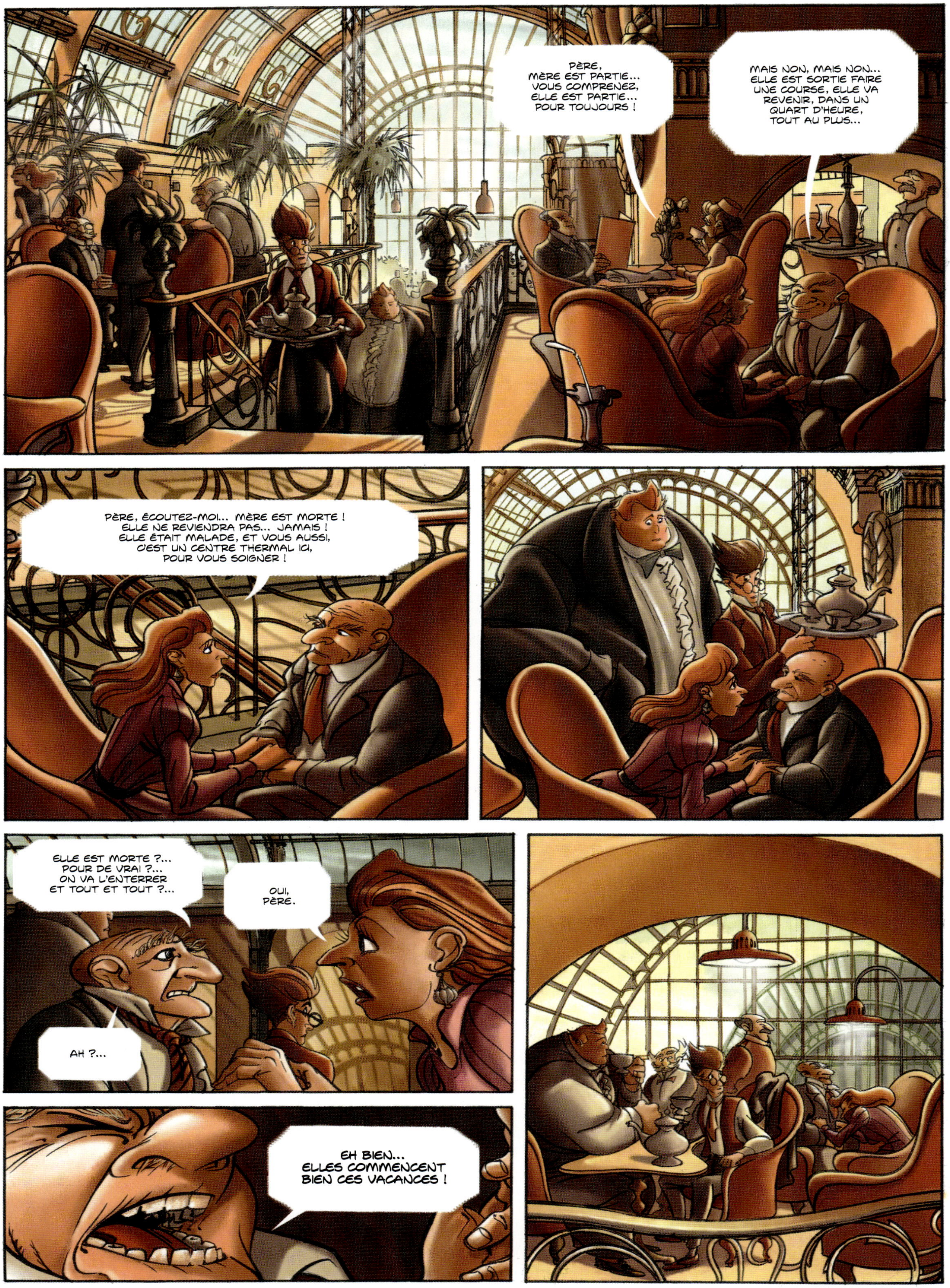

PÈRE, MÈRE EST PARTIE... VOUS COMPRENEZ, ELLE EST PARTIE... POUR TOUJOURS !
MAIS NON, MAIS NON... ELLE EST SORTIE FAIRE UNE COURSE, ELLE VA REVENIR, DANS UN QUART D'HEURE, TOUT AU PLUS...
PÈRE, ÉCOUTEZ-MOI... MÈRE EST MORTE ! ELLE NE REVIENDRA PAS... JAMAIS ! ELLE ÉTAIT MALADE, ET VOUS AUSSI, C'EST UN CENTRE THERMAL ICI, POUR VOUS SOIGNER !
ELLE EST MORTE ?... POUR DE VRAI ?... ON VA L'ENTERRER ET TOUT ET TOUT ?...
OUI, PÈRE.
AH ?...
EH BIEN... ELLES COMMENCENT BIEN CES VACANCES !

JE VAIS VOUS DEMANDER LE SILENCE COMPLET... LA SÉANCE VA COMMENCER !
J'ESPÈRE QU'IL N'Y A PAS UNE ÂME REBELLE PARMI VOUS, LES MORTS SONT CE QU'IL Y A DE PLUS SÉRIEUX DANS LA VIE ! N'OUBLIEZ JAMAIS QUE LES MORTS NOUS OBSERVENT ET NOUS JUGENT !
JOIGNEZ VOS MAINS !...
ESPRIT, ES-TU LÀ ?
ESPRIT, ES-TU LÀ ?!... UN COUP POUR OUI, DEUX COUPS POUR NON !
BLAM

ES-TU SEUL ?...
BLAM
BLAM
COMBIEN ÊTES-VOUS ?...
BLAM
BLAM

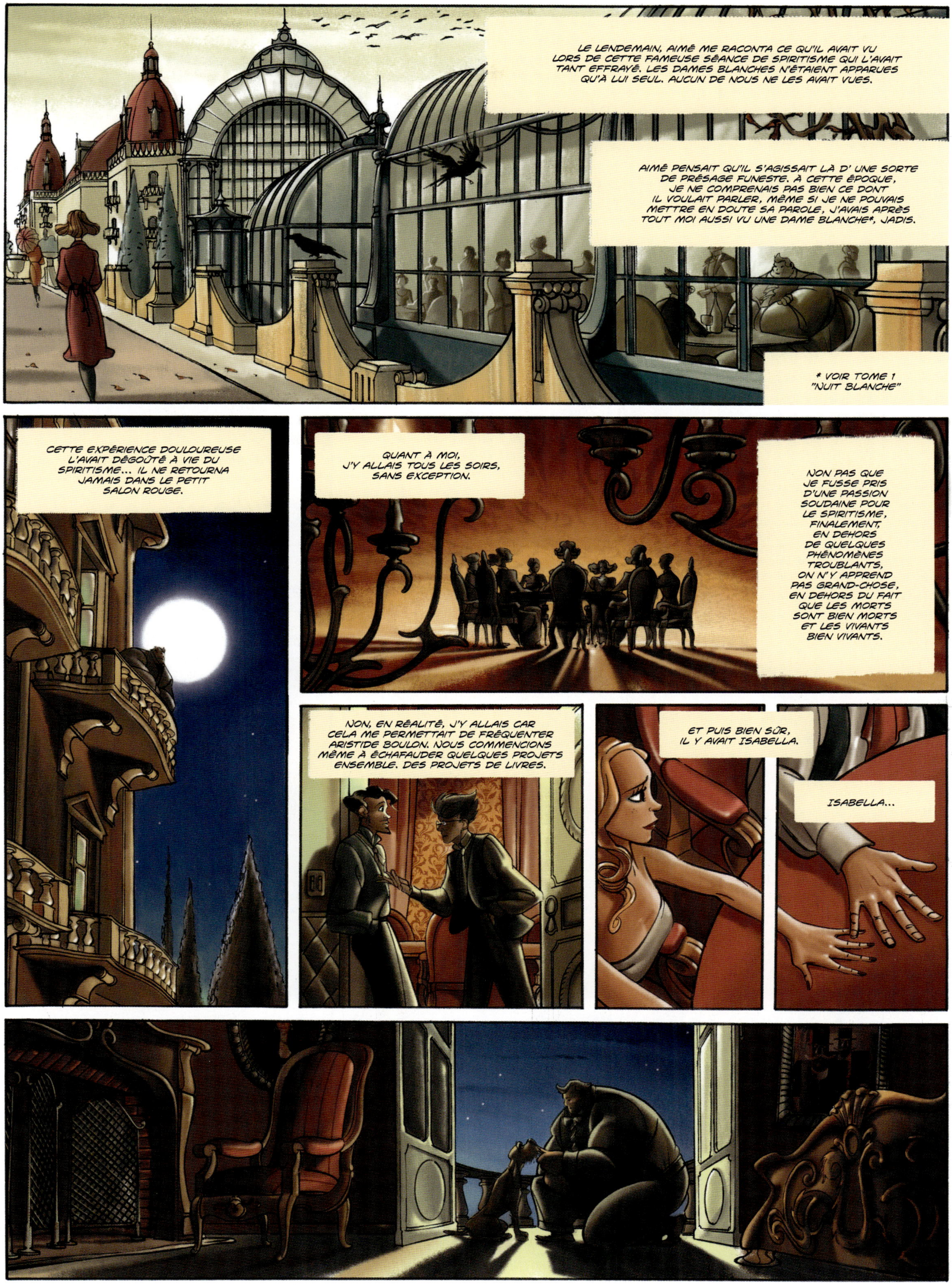
LE LENDEMAIN, AIMÉ ME RACONTA CE QU'IL AVAIT VU LORS DE CETTE FAMEUSE SÉANCE DE SPIRITISME QUI L'AVAIT TANT EFFRAYÉ. LES DAMES BLANCHES N'ÉTAIENT APPARUES QU'À LUI SEUL. AUCUN DE NOUS NE LES AVAIT VUES.
AIMÉ PENSAIT QU'IL S'AGISSAIT LÀ D' UNE SORTE DE PRÉSAGE FUNESTE. À CETTE ÉPOQUE, JE NE COMPRENAIS PAS BIEN CE DONT IL VOULAIT PARLER, MÊME SI JE NE POUVAIS METTRE EN DOUTE SA PAROLE. J'AVAIS APRÈS TOUT MOI AUSSI VU UNE DAME BLANCHE*, JADIS.
* VOIR TOME 1 "NUIT BLANCHE"
CETTE EXPÉRIENCE DOULOUREUSE L'AVAIT DÉGOÛTÉ À VIE DU SPIRITISME... IL NE RETOURNA JAMAIS DANS LE PETIT SALON ROUGE.
QUANT À MOI, J'Y ALLAIS TOUS LES SOIRS, SANS EXCEPTION.
NON PAS QUE JE FUSSE PRIS D'UNE PASSION SOUDAINE POUR LE SPIRITISME. FINALEMENT, EN DEHORS DE QUELQUES PHÉNOMÈNES TROUBLANTS, ON N'Y APPREND PAS GRAND-CHOSE, EN DEHORS DU FAIT QUE LES MORTS SONT BIEN MORTS ET LES VIVANTS BIEN VIVANTS.
NON, EN RÉALITÉ, J'Y ALLAIS CAR CELA ME PERMETTAIT DE FRÉQUENTER ARISTIDE BOULON. NOUS COMMENCIONS MÊME À ÉCHAFAUDER QUELQUES PROJETS ENSEMBLE. DES PROJETS DE LIVRES.
ET PUIS BIEN SÛR, IL Y AVAIT ISABELLA.
ISABELLA...

EPISODE 124

Poupées de Sang

UNE CHARMANTE PETITE POUPÉE

Il était tard le soir, Monsieur et Madame Jones revenaient d'un dîner arrosé chez des amis qui s'était éternisé. Monsieur Jones était fatigué, il devait lutter sans cesse contre le sommeil.

Tout à coup, ils aperçurent une voiture garée sur le bas côté. En temps normal, ils ne se seraient pas arrêtés, mais ce qu'ils virent les y força.

La petite fille, qui ressemblait à une poupée, était en pleurs et semblait terrifiée.

Les époux Jones demandèrent ce qui s'était passé, elle tendit un doigt vers la voiture accidentée...

Ce qu'ils virent les horrifia. Ils conclurent que les parents de la petite fille avaient été assassinés : égorgés !

Il n'était pas prudent de rester ici, ils firent monter la petite fille dans leur voiture et filèrent jusqu'au poste de police le plus proche.

Monsieur Jones roulait à toute allure, le poste était encore à trente kilomètres.

Tout à coup, il tourna la tête et aperçut sa femme, les yeux dans le vide, la bouche ouverte et la gorge tranchée, du sang ruisselant le long de son cou et sur ses épaules.

Monsieur Jones regarda alors dans le rétroviseur et vit la fillette lécher un couteau plein de sang... Ce fut sa dernière vision.

9

AAAAH ! CET ARISTIDE BOULON, QUEL TALENT !
SI UN JOUR J'EN AI LES MOYENS, JE LE FERAI CONNAÎTRE AU MONDE ENTIER !
ET AVEC ISABELLA, LES CHOSES AVANCENT ?
COMMENT ÇA ?
ALLONS, CELA CRÈVE LES YEUX, TU ES AMOUREUX D'ELLE !...
AH ? CELA SE VOIT TANT QUE ÇA ?...
COMME UN FURONCLE SUR LE NEZ DE L'IMPÉRATRICE !
LUI AS-TU DÉVOILÉ TES SENTIMENTS ?
NON, PAS ENCORE...
EH BIEN, QU'ATTENDS-TU ? TU SAIS, JE L'AI BIEN OBSERVÉE, ET JE CROIS QU'ELLE T'AIME BIEN AUSSI.
VRAIMENT ?... JE... MERCI, AIMÉ. JE VAIS LE FAIRE... SANS TARDER...

AU FIL DES JOURS, ISABELLA ET MOI NOUS ÉTIONS RAPPROCHÉS. JE LUI AVAIS CONFIÉ MES SENTIMENTS À SON ÉGARD, SENTIMENTS PARTAGÉS. AIMÉ AVAIT RAISON.
C'ÉTAIT NOTRE DERNIÈRE PROMENADE DANS LE PARC.
JE LUI CONFIAIS MES RÊVES ET MES AMBITIONS...
JE VEUX ROMPRE AVEC MON ANCIENNE VIE, REDÉMARRER À ZÉRO, ICI, À LANMEURBOURG. JE SAIS QUE JE PEUX Y RÉUSSIR.
J'AI L'INTENTION DE MONTER UNE LIBRAIRIE OÙ JE PUBLIERAI DES ILLUSTRÉS, CEUX D'ARISTIDE BOULON ENTRE AUTRES. SES LIVRES PEUVENT DEVENIR DES GRANDS SUCCÈS. J'EN SUIS CONVAINCU ! IL ME FAUDRA DES FINANCEMENTS, J'IRAI VOIR LES BANQUIERS...
TU SAIS MARTINIEN, MA FAMILLE EST RICHE. IL SUFFIRAIT QUE TU M'ÉPOUSES ET TON RÊVE POURRAIT DEVENIR RÉALITÉ...

QUI EST-CE ?
CE VIEUX BONHOMME UN PEU FOU QUI AVAIT PERDU SA FEMME IL Y A UN MOIS. IL EST DÉCÉDÉ CE MATIN, CE SONT DES INFIRMIÈRES QUI L'ONT TROUVÉ, IL EST MORT DANS SON SOMMEIL, SANS SOUFFRIR.
AH OUI, JE RECONNAIS SA FILLE MAINTENANT...
PAUVRE HOMME... SES VACANCES SONT TERMINÉES !...

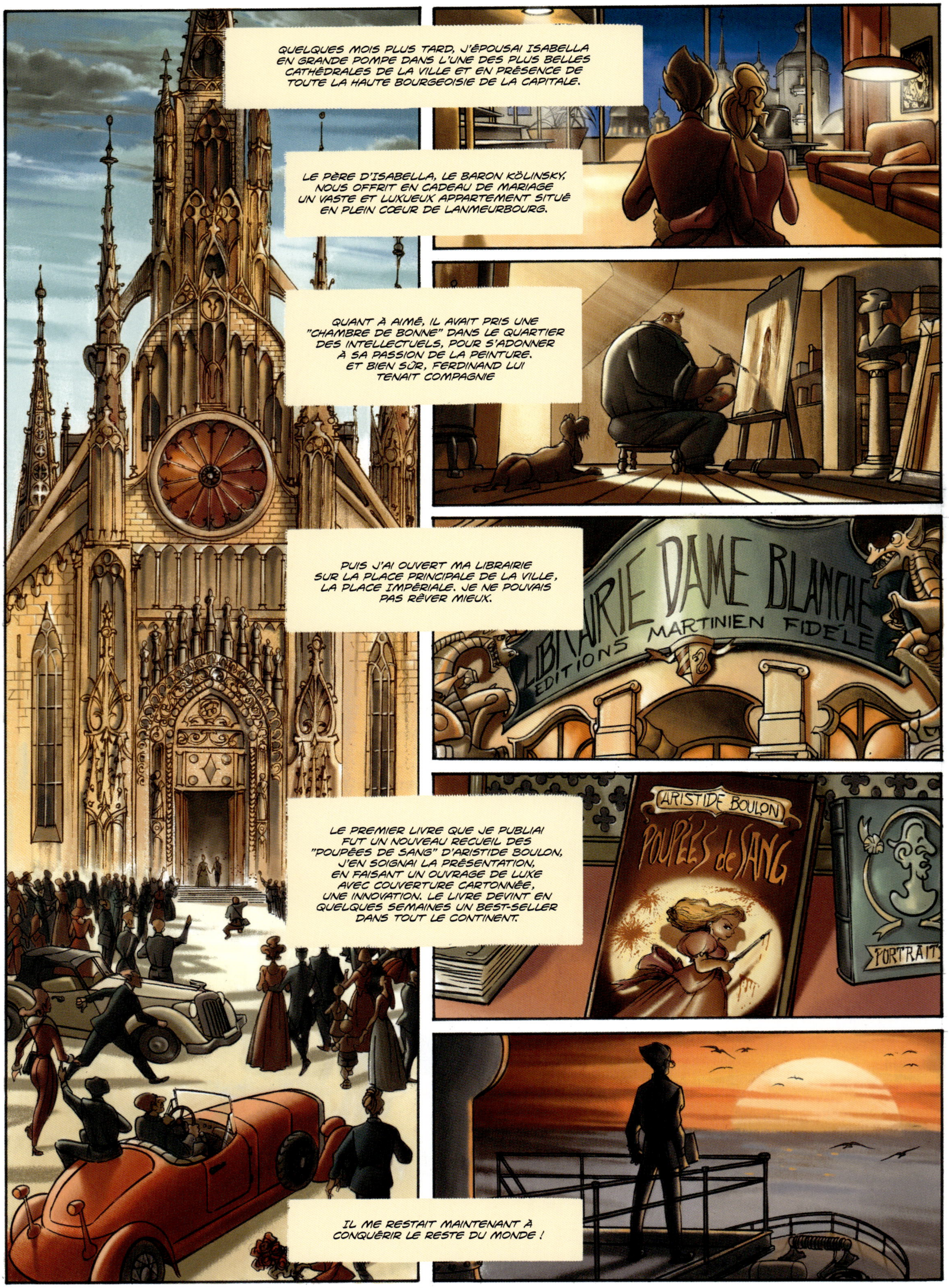
QUELQUES MOIS PLUS TARD, J'ÉPOUSAI ISABELLA EN GRANDE POMPE DANS L'UNE DES PLUS BELLES CATHÉDRALES DE LA VILLE ET EN PRÉSENCE DE TOUTE LA HAUTE BOURGEOISIE DE LA CAPITALE.
LE PÈRE D'ISABELLA, LE BARON KÖLINSKY, NOUS OFFRIT EN CADEAU DE MARIAGE UN VASTE ET LUXUEUX APPARTEMENT SITUÉ EN PLEIN CŒUR DE LANMEURBOURG.
QUANT À AIMÉ, IL AVAIT PRIS UNE "CHAMBRE DE BONNE" DANS LE QUARTIER DES INTELLECTUELS, POUR S'ADONNER À SA PASSION DE LA PEINTURE. ET BIEN SÛR, FERDINAND LUI TENAIT COMPAGNIE
PUIS J'AI OUVERT MA LIBRAIRIE SUR LA PLACE PRINCIPALE DE LA VILLE, LA PLACE IMPÉRIALE. JE NE POUVAIS PAS RÊVER MIEUX.
LIBRAIRIE DAME BLANCHE
EDITIONS MARTINIEN FIDÈLE
LE PREMIER LIVRE QUE JE PUBLIAI FUT UN NOUVEAU RECUEIL DES "POUPÉES DE SANG" D'ARISTIDE BOULON. J'EN SOIGNAI LA PRÉSENTATION, EN FAISANT UN OUVRAGE DE LUXE AVEC COUVERTURE CARTONNÉE, UNE INNOVATION. LE LIVRE DEVINT EN QUELQUES SEMAINES UN BEST-SELLER DANS TOUT LE CONTINENT.
ARISTIDE BOULON
POUPÉES de SANG
PORTRAIT
IL ME RESTAIT MAINTENANT À CONQUÉRIR LE RESTE DU MONDE !

À SUIVRE.